A DEMAIN

LA

CENSURE

PAR

GEORGES DAIRNVÆLL,

D'Orléans, le roi tricolore,
Dit : « Plus de procès désormais !
De ce PLUS qu'on répète encore
Hébert a fait : « PLUS QUE JAMAIS.»

(CHARIVARI.)

PARIS

ROZIER, ÉDITEUR,

PLACE DES TROIS-MARIES, 2.

—

1842

IMPRIMERIES DE PECQUEREAU ET Cⁱᵉ

58, RUE DE LA HARPE.

A DEMAIN

LA

CENSURE.

Le gouvernement cherche des coupables partout ; il dit tous les jours à la démocratie : — « Vous conspirez. » Mais il n'a garde de voir les véritables conspirateurs. Qui, de la démocratie ou du pouvoir, viole la Charte ? Qui ressuscite la *Censure* et qui se fait une gloire d'oublier les articles suivants :

« Article 1er. Tous les Français sont ÉGAUX devant la loi.

« Article 7. Les Français ont LE DROIT de PUBLIER et de faire IMPRIMER leurs opinions en se conformant aux lois.

« LA CENSURE NE POURRA JAMAIS ÊTRE RÉTABLIE. »

Qu'est devenue la vérité de ces deux articles? si l'imprimenr est déclaré complice de l'auteur. Que devient *le droit de publier et de faire imprimer?*

L'Atelier, la Révue du Comtat, la Gazette du Bourbonnais, Je Casse les vitres, la Mode, la Quotidienne, portent les marques de la *Censure* de l'imprimeur.

« Article **12.** Les ministres sont responsables; au roi seul appartient la puissance exécutive. »

M. Guizot a-t-il oublié l'article **12** de la Charte?

« Article **66.** La présente Charte et tous les droits qu'elle consacre demeurent confiés au PATRIOTISME et au courage des *Gardes nationales* et de tous les citoyens français. »

Les gardes nationales sont désarmées et désorganisées partout, excepté à Paris.

LES MOTS

DE

1830.

—

« Le gouvernement qui ne respecte
pas les libertés publiques creuse lui-
même son tombeau. »

Louis-Philippe.

2 septembre 1830.

—

« Ce n'est qu'en s'appuyant sur les intérêts
nationaux et les libertés publiques *que le trône
peut être solide.* »

Louis-Philippe.

29 septembre 1830.

—

« J'ai souvent gémi des condamnations politiques : aussi, lorsque je suis arrivé au pouvoir, un de mes premiers actes a été de mettre un terme à *l'effet* de ces condamnations, dont la cause m'était étrangère, mais que JE N'AI JAMAIS CESSÉ DE DÉPLORER. »

LOUIS–PHILIPPE.

6 octobre 1830.

———

« Mon vœu ne sera complètement rempli que quand nous aurons entièrement effacé de notre législation *toutes les peines et toutes les rigueurs* que réprouvent l'*humanité* et l'état actuel de la société. » —

LOUIS-PHILIPPE.

10 octobre 1830.

« L'autorité que j'exerce NE SERA EMPLOYÉE qu'à la *défense de la liberté.* »

LOUIS-PHILIPPE.

2 novembre 1830.

Depuis 1830 nous savons bien que la liberté est au nombre des choses défendues.

« Toujours **SINCÈRE** dans toute ma vie, *je n'ai rien promis en vain.* »

Louis-Philippe.

25 septembre 1830.

« J'entends avec grand plaisir le compliment que vous me faites sur **MA SINCÉRITÉ**; il m'est d'autant plus agréable que je puis le dire, **MES ACTES ONT TOUJOURS ÉTÉ D'ACCORD AVEC MES PAROLES.** »

Louis-Philippe.

2 octobre 1830.

M. GUIZOT

ET

LA CENSURE.

—

« La liberté de la presse nous fera renaître
à cette vie morale que nous avons si *honteuse-
ment* perdue... Si la vérité fut jamais néces-
saire aux peuples et aux rois, c'est au sortir
d'une époque où un despote, qui ne voulait
ni l'entendre ni la dire, n'a admis auprès du
trône que l'*adulation*, et n'en a laissé émaner
que le *mensonge*. »

F. GUIZOT.

« La CENSURE EST UN VÉRITABLE DES-
POTE. Si un censeur est un IMBÉCILE, il
ne pourra comprendre, et la Censure sera
TERRIBLE. »

F. GUIZOT.

« Le propre de la Censure est d'être ARBI-
TRAIRE. »

F. GUIZOT.

RÉPONSE AUX DISCOURS

DE M. GUIZOT.

« Quand on a été longtemps trompé par un fourbe, on s'en méfie. »

F. GUIZOT.

CONSEILS A M. GUIZOT.

« Si vous êtes faibles et imprudents, peu dignes et peu habiles; si vous ne savez pas plus résoudre les questions par les négociations que par les armes; si vous les laissez s'élever légèrement ou s'engager profondément, en vous montrant également incapables de les soutenir ou de les prévenir, de les trancher ou de les dénouer, ne *parlez pas de la paix, ne vous dites pas les ministres de la paix.* Vous ne concourez pas plus à la paix qu'à la guerre. Vous profanez le nom de paix. Vous compromettez sa durée. Loin qu'elle vous doive rien, c'est par vous, à cause de vous, qu'elle s'affaisse et dépérit. »

F. GUIZOT.

Février 1839.

CENSURE

NE SERA JAMAIS RÉTABLIE.

(PROMESSE DE JUILLET.)

Le 27 juin 1827, Charles X rétablit la Censure des journaux, conformément aux lois des 21 mars 1820 et 26 juillet 1821; la commission de Censure se composait de MM. de Bonald, d'Herbauville et du comte de Breteuil, représentant la chambre des pairs; de MM. de Frenilly, Olivier (de la Seine), et de Maquilly, représentant la chambre des députés, et pour le conseil d'État de MM. de Guilhermy et de Broé; enfin de l'illustre Cuvier, qui ternissait ainsi une brillante gloire par une fonction honteuse.

Le 28 juin 1827, la plupart des journaux parurent avec des colonnes en blanc, grace aux actifs ciseaux des *loyaux* exécuteurs des basses œuvres de dame Censure.

L'approche des élections avait déterminé le gouvernement à user de ce détestable moyen. Les électeurs ne répondirent pas à l'espérance des ministres, et les introuvables de la septennalité furent élus en minorité.

Quinze ans se passèrent sans que le spectacle des colonnes blanches fût reproduit.

Cela devait arriver en 1842,

M. Guizot de Gand étant ministre.

Il est vrai qu'en 1842 on est à la veille des élections comme en 1827.

Disons simplement que la Charte dit :

LA CENSURE NE POURRA JAMAIS ÊTRE RÉTABLIE.

AU PEUPLE.

I

Nous sommes tous frères et nous devons tous nous aimer et nous secourir.

Peuple, quand tu connaîtras tes forces, tu cesseras de craindre les grands et les princes : ils ne sont forts que de ta faiblesse; sois uni, et l'on te redoutera.

Ceux qui te gouvernent ne sont pas des pasteurs, mais des bouchers : ils s'enrichissent de ta laine et s'enivrent de ton sang.

Les animaux sont plus heureux que toi, car ils trouvent toujours leur nourriture.

Des hommes t'ont dit travaille, tandis que nous nous reposerons et que tu nous donneras le superflu ; que nous importe si tu ne peux vivre de ton salaire !

Tu n'as pas une chaumière pour abriter ton front, et tu donnes des palais à tes persécuteurs ; tu manques de pain, et ceux qui t'exploitent vivent dans une continuelle orgie.

Affranchis ton travail et tu chasseras la pauvreté ; partage le peu que tu as avec ton frère malheureux, et passe devant l'or du riche sans le convoiter.

Quand tu auras la volonté d'être libre, tu le seras ; cherche à te créer une *propriété* par ton travail, mais ne pense jamais à dérober ce qui appartient à autrui.

L'union te donnera la prospérité et la liberté ; unis ta voix à celle de tes frères, et vous serez tous entendus.

Ton bras ne peut seul briser ses chaînes, appelle à ton secours ; ce qu'un homme ne peut faire seul, plusieurs peuvent le faire en unissant leurs efforts.

Par ruse et par violence, des hommes indignes de ce nom se sont proclamés tes maîtres pour te ravir ta liberté ; ils ont substitué la religion des prêtres à celle du Christ.

Ils veulent abolir la science et la pensée ;

la liberté qu'ils proclament est une prostituée
qu'ils chargent du soin de t'abrutir ; ils ten-
tent d'épuiser ton énergie par la corruption et
l'égoïsme.

Mais la pensée ne peut périr ; comprimée
un instant, elle prend de nouvelles forces jus-
qu'à ce que son œuvre soit accomplie.

Pendant que l'on t'accuse de conspirer contre les lois et la société, on conspire contre
toi.

II

Les temps approchent; la violence poussée à l'excès meurt d'elle-même; les condamnations enfantent des martyrs et des vengeurs.

Si l'*ouragan* de 1830 s'est subitement apaisé; s'il n'a pas purifié le sol de toutes ses immondices, l'avenir est gros d'orage. Alors les trônes seront balayés par la tempête, les puissants sortiront de leurs palais, les apostats fuiront toujours sans jamais trouver un asile, et quand le ciel sera redevenu pur et serein, le soleil éclairera le règne de la liberté, de l'égalité, de la fraternité et de la justice.

III

Si le Christ revenait au monde, il serait encore persécuté comme autrefois ; les *Pharisiens* d'aujourd'hui lui tendraient des piéges, l'appelleraient séditieux et blasphémateur ; un nouvel Hérode et un nouveau Pilate le condamneraient encore.

IV

Peuple, aujourd'hui l'on te dit que ceux qui te prêchent la vérité troublent l'ordre et la paix publique, violent les lois et menacent la société.

On dit aux soldats qu'ils ne sont pas vos frères, et l'on voit le peuple lever son bras contre lui-même et s'entr'égorger pour défendre la cause des oppresseurs.

On a inventé pour cela le mot *devoir*, et des hommes ont osé répondre *nous obéissons*.

Que le sang versé retombe sur la tête de ceux qui ont eu l'infernale pensée de diviser pour régner.

Les temps approchent, l'avenir nous présage enfin le bonheur et la liberté.

AUX OUVRIERS

DU

FAUBOURG SAINT-ANTOINE.

Lorsque se lèvera le soleil de justice,
Nous recueillerons tous les fruits du sacrifice
Que nos pères jadis ont achevé pour nous ;
En vain notre présent est-il terrible et sombre,
Comme un brillant éclair la liberté dans l'ombre
    Fait pâlir nos tyrans jaloux.

Aussi voyez comment ils resserrent nos chaînes ;
Voulant rendre pour eux les chances trop certaines
Ils veulent de leurs fers appesantir nos bras ;
Mais, comme SPARTACUS brisant son esclavage,
Nous leur rendrons un jour outrage pour outrage.
    Point de pardon pour les JUDAS !

Des lâches trop longtemps ont avili la France,
Nous sentons dans nos cœurs renaître l'espérance ;
En vain les rois ont fait du sauveur un bourreau.
Malgré tous les efforts d'une cohorte immonde,
Bientôt la liberté, pour régner sur le monde,
    Sortira du tombeau.

Des paroles du Christ, dangereux interprètes,
Quand vous verrez mentir les puissants et les prêtres
Osez leur rappeler que le Christ autrefois
Prêcha l'égalité ; que sa noble doctrine
Lui valut comme à vous la couronne d'épine
Et le supplice de la croix.

AH ! N'ALLEZ PAS ME COMPROMETTRE.

CHANSON.

Air : De Turenne.

Mes chers amis, cessez donc de m'écrire,
Je vous dénonce au procureur du roi,
Car si la Charte a permis de tout dire,
C'est une erreur dont HÉBERT sait l'emploi ;
Et cette erreur coûte très cher, ma foi !
Devant les pairs on lirait votre lettre,
LAUBARDEMONT la tournerait si bien,
Que les mots seuls de *mon cher citoyen*
Pourraient encor me compromettre.

Mes chers lecteurs, vous qui savez mes titres,
Sur un feuillet n'écrivez pas mon nom ;
Le jeune auteur de *Je casse les vitres*
Près le parquet n'a pas un bon renom,
Et le pouvoir est, sur ma foi, très prompt ;
Pour perdre un homme il ne faut qu'*une lettre* ;
Je puis demain dormir dans un cachot,
Complice d'un affreux complot ;
Ah ! n'allez pas me compromettre.

Si du pouvoir, victime involontaire,
Trente mouchards ont dans votre maison
Fouillé partout, sur cet acte arbitraire
N'écrivez pas; le plus fort a raison.
La liberté nous conduit en prison.
Surtout, lecteur, n'allez pas vous permettre
De vous nommer *en me serrant la main :*
En cour des pairs je puis passer demain.
Ah! n'allez pas me compromettre.

Ne dites pas, parlant sans artifices,
- *Cher citoyen, on nous a tous vendus.*
Je deviendrais le chef de vos complices
Et nous serions tous ensemble pendus !
Aux écrivains de tels égards sont dus.
Vous auriez beau ne pas me reconnaître,
Un écrivain est complice moral,
Et quand au cou j'aurai le nœud fatal,
Cela pourrait me compromettre...

LE MARCHAND D'HABITS.

Air : Dans un grenier, qu'on est bien à vingt ans !

Depuis longtemps, dans l'état que j'exerce,
Je suis reçu dans nos plus grands salons ;
Plus d'un marquis fait aller mon commerce,
En me vendant vieux habits, vieux galons.
De m'enrichir je n'ai guère de chances ;
Hélas ! je vois s'amoindrir mes profits
Depuis que, sans rougir, nos excellences
A tout propos retournent leurs habits.

Monsieur Sauzet me donne sa pratique ,
Mais ses habits ont perdu leur couleur ;
Ils sont tachés comme sa politique.
Ceux de Guizot sont comme son honneur.
De son manteau, content de se défaire,
Soult le vendit ; j'achetai sans profits :
Depuis vingt ans ce manteau militaire
Recouvrait seul les taches des habits.

Monsieur Barrot, qui n'est pas sans reproche,
M'appelle un jour pour me vendre à bas prix
Tous les habits des membres de la gauche,
Graves bavards qui brillent à Paris.

Mais ces haillons en maintes circonstances
S'étaient usés, décousus et ternis ;
N'ayant, hélas ! ni couleur ni nuances,
Ils resteraient chez le marchand d'habits.

J'ai refusé cent fois la garde-robe
Du duc Descaze et de Montalivet,
De Pasquier j'ai refusé la robe :
J'ai trop perdu sur Dupin et Molé ;
De Girardin, dans une circonstance,
J'ai cru tirer de modestes profits :
Tout le savon qui se fabrique en France
Ne mordrait pas sur ces *gredins d'habits*.

L'étudiant me vend dans sa détresse,
Pour faire un punch, son dernier paletot :
Joyeux de vivre avec une maîtresse,
L'argent chez lui s'en va toujours trop tôt.
Il m'aime peu, mais cependant, en somme,
Il vient toujours augmenter mes profits ;
Et dit de moi : Bah ! ce n'est pas un homme !
Et qu'est-ce donc ?—C'est un marchand d'habits.

VOUS SOUVENEZ-VOUS?

ROMANCE.

Je suis parti le cœur plein d'espérance,
Déjà rêvant à l'heure du retour ;
Pour oublier les douleurs de l'absence,
Avec bonheur je songeais à l'amour.
Mais aujourd'hui, pour moi, plus d'heureux songe,
Plus de bonheur, plus de rêves si doux ;
Tout mon passé fut un brillant mensonge,
Oubliez-moi, je me souviens pour vous !...

Le souvenir qui déchire mon âme
Vient aux regrets offrir un libre cours,
Si j'aime encor, pardonnez-moi, Madame,
Car je suis seul à pleurer mes beaux jours.
Triste jouet du sort et de l'envie,
Comme un esquif battu des vents jaloux
Je traîne ici les restes d'une vie
Que je ne puis passer à vos genoux.

J'ai vu s'enfuir tous mes rêves de gloire ;
J'ai trop souffert et je n'ai pu mourir.

Si du passé j'ai gardé la mémoire,
C'est qu'en mon cœur vous ne pouvez périr !
Allez, bel ange, allez de fête en fête ,
Livrez à tous ce sourire si doux ;
Que votre œil noir sur un autre s'arrête ,
Allez, allez, je ne suis plus jaloux !

Depuis un an j'ai la même maîtresse ,
C'est la misère ; elle est fidèle au moins ,
Et mes douleurs, ma faim et ma tristesse ,
N'ont pas trouvé de plus discrets témoins.
A mes côtés jour et nuit elle veille ,
Elle est jalouse, et quand je pense à vous ,
Avant la fin du songe elle m'éveille.
Oubliez-moi , je me souviens pour vous !

VOUS NOUS AVEZ ÉLUS.

CHANSON.

Pauvres petits, criez, lancez-nous l'anathême :
N'avons-nous pas des forts, des titres, des soldats?
Nos coffres sont garnis !.. Votre visage est blême;
Mais vous êtes manants, vous avez des grabats;
Le ciel vous a donné des haillons de misère,
Des bras pour travailler : que voulez-vous de plus?
Vous nous parlez d'honneur ! cessez votre prière;
Ce mot ne vous va pas, vous nous avez élus !

Messieurs du peuple un jour se sont mis dans la tête
Qu'avec de la bravoure on pouvait parvenir.
Pauvres fous qu'ils étaient !.. Nous avons fait conquête.
Ils nous aidaient; ma foi ! cela devait finir...
Promettre c'était peu, nous l'avons fait de suite.
Nous régnons, ce me semble, et que faut-il de plus?
Vous nous parlez d'affront, de liberté détruite :
Ces mots ne vous vont pas, vous nous avez élus !

Allons, petits, allons! dormez bien. Sous la cendre
Vous brûleriez encore, mais l'on vous éteindra.

Quelques poignées de mains, des impôts à descendre,
Avec un mot tout doux cela vous suffira !
Si le peuple étranger veut nous parler de guerre,
Nous saurons l'apaiser : que vous faut-il de plus ?
Taisez-vous et donnez votre obole dernière,
Mais ne vous plaignez pas, vous nous avez élus !...

CARLOS FRANK.

LES REGRETS D'UN SOLDAT.

Air : Au revoir, Louise (PANSERON).

Simple soldat, sur mon lit d'agonie,
Je vais mourir ; mais, fidèle au devoir,
Quand on osa me donner l'ordre impie
De faire feu, je bravai le pouvoir.
D'un seul regret mon ame est animée :
Je ne pourrai défendre nos drapeaux.
Ah ! loin des rangs de notre brave armée,
Gens du pouvoir, choisissez des bourreaux. *Bis.*

Quand Palmerston, dans un discours infâme,
A Tiverton insulte à nos guerriers,
Des apostats le vieux zèle s'enflamme :
Ils sont jaloux de nos jeunes lauriers.
Quand par Humann la révolte est formée,
Lorsque le peuple est accablé d'impôts,
Oh ! loin des rangs de notre brave armée,
Gens du pouvoir, choisissez des bourreaux. *Bis.*

Venant d'Afrique, où la valeur française
Sert à payer les croix et les rubans
De ces valets qui, ne nous en déplaise,
Font à nos yeux métier de courtisans,
J'ai vu partout saluer un pygmée ;

J'ai, malgré moi, lu des discours royaux.
Mais loin des rangs de notre brave armée,
Gens du pouvoir, choisissez des bourreaux. *Bis*.

Oh ! mon drapeau, vieux talisman de gloire,
Auprès de toi que ne puis-je mourir !
La mort est douce au sein de la victoire,
Et la patrie alors vient nous bénir.
Mon vieux drapeau, reprend ta renommée ;
Les vieux lauriers présagent les nouveaux,
Car, dans les rangs de notre brave armée,
L'œil du pouvoir cherche en vain des bourreaux. *Bis*.

HUMBLE SUPPLIQUE

COMMERÇANTS ANGLAIS.

Air : Sa Majesté n'a plus sa tête.

Vous que Satan partout conduit,
Anglais, prêtez nous assistance.
En écoulant vos vieux produits,
Faites passer nos pairs de France.
Alors pour la première fois
Nous bénirons votre puissance.
Vous vendez aux Indiens des rois;
Pour rien donnez aux Iroquois
Nos ventrus et nos pairs de France.

Avec la Chine vos raisons
Par le bruit se faisant comprendre,
La Chine accepte vos poisons:
Nous pourrions aussi leur en vendre,
Nous pourrions leur vendre des lois,
Et vous faire ainsi concurrence;
Mais être amis vaut mieux, je crois.
Ah! pour nous vendez aux Chinois
Nos ventrus et nos pairs de France.

Votre opium vaut-il *les Débats*
Pour exciter la somnolance?
Hébert ne surpasse-t-il pas
Laubardemont en éloquence?
Débarrassez-nous à la fois
De Girardin et de Laurence.
Vous pouvez aussi faire un choix
Parmi nos députés sans voix,
Mais prenez tous nos pairs de France.

Prenez Bourdeau, célèbre pair,
Qui, pour soulager sa détresse,
En cotant son honneur bien cher,
A fait contribuer la presse.
Au lieu du fer vengeur des lois,
On mit de l'or dans la balance;
L'or ne guérit pas, je le crois,
Mais il console quelquefois
Les ventrus et les pairs de France.

Pour en finir, braves Anglais,
Notre Charte sempiternelle
Est un mensonge sans succès:
Le jeu ne vaut pas la chandelle.
De septembre prenez les lois

Et le vautour plein d'arrogance;
Prenez nos fripons aux abois!
Prenez . . . .
Et vous aurez sauvé la France.

6 janvier 1842.

FIN.